世界经典童话小说

U0675851

双星王子

著者／彼得·克里斯登·阿斯伯扬森 等　编译／祝宏 等

吉林出版集团股份有限公司｜全国百佳图书出版单位

图书在版编目（CIP）数据

双星王子／（挪）彼得·克里斯登·阿斯伯扬森等著;祝宏等编译. --
长春:吉林出版集团股份有限公司，2016.12

（世界经典童话小说书系）

ISBN 978-7-5581-2126-5

Ⅰ.①双… Ⅱ.①彼… ②祝… Ⅲ.①儿童故事 – 作
品集 – 世界 Ⅳ.①I18

中国版本图书馆CIP数据核字（2017）第065106号

双星王子

SHUANGXING WANGZI

著　　者　彼得·克里斯登·阿斯伯扬森 等
编　　译　祝　宏 等
责任编辑　黄　群
封面设计　张　娜
开　　本　16
字　　数　50千字
印　　张　8
定　　价　18.00元
版　　次　2017年8月　第1版
印　　次　2020年10月　第4次印刷
印　　刷　三河市嵩川印刷有限公司
出　　版　吉林出版集团股份有限公司
发　　行　吉林出版集团股份有限公司
地　　址　长春市绿园区泰来街1825号
电　　话　总编办：0431-88029858
　　　　　发行部：0431-88029836
邮　　编　130011
书　　号　ISBN 978-7-5581-2126-5

前言

　　儿童自然单纯，本性无邪，爱默生说："儿童是永恒的弥赛亚，他降临到堕落的人间，就是为了引导人们返回天堂。"人们总是期待着保留这份童真，这份无邪本性。

　　每一个儿童都充满着求知的欲望，对于各种新奇的事物，都有着一种强烈的好奇心，这样在成长的过程中就不可避免地被好的或坏的事物所影响。教育的问题总是让每个父母伤透了脑筋，生怕孩子们早早地磨灭了童真，泯灭了感知美好事物的天性。童话很好地解决了这个问题，让儿童始终心存美好。

　　徜徉在童话的森林，沿着崎岖的小径一路向前，便会发现王子、公主、小裁缝、呆小子、灰姑娘就在我们身边，怪物、隐身帽、魔法鞋、沙精随时会让我们大吃一惊。展开想象的翅膀，心游万仞，永无岛上定然满是欢乐与自由，小家伙们随心所欲地演绎着自己的传奇。或有稚童捧着双颊，遥望星空，神游天外，幻想着未知的世界，编织着美丽的梦想。那双渴望的眸子，眨呀眨的，明亮异常，即使群星都暗淡了，它也仍会闪烁不停。

童心总是相通的，一篇童话，便会开启一扇心灵之窗，透过这扇窗，让稚童得以窥探森林深处的秘密。每一篇童话都会有意无意地激发稚童的想象力和感知力，让他们在那里深刻地体验潜藏其中的幸福感、喜悦感和安全感，并且让这种体验长久地驻留在孩子的内心，滋养孩子的心灵。愿这套《世界经典童话小说书系》对儿童健康成长能起到一点儿助益，这样也算是不违出版此书的初心了。

编者

2017 年 3 月 21 日

目录
MULU

特里封的故事

从前有一对夫妻，妻子长得漂亮，做事精明，而丈夫特里封却笨得不得了，什么正经事儿都不会做，时不时还会做些愚蠢的事儿。他还是一个酒鬼，经常喝得酩酊大醉，喝醉了就耍酒疯。

妻子满怀希望，希望丈夫能够变个样儿，不再被人们耻笑，可是这却是一件不太容易办到的事情。

一年冬天，大雪漫天飞舞，寒风肆无忌惮地吹进屋里。家里连一块劈柴也没有，屋里的水都快要结冰了。

"你快起床，去捡些柴回来。"妻子推了推特里封，说道。

"你得跟我一起去，我才不要一个人去森林里呢！"特里封睡眼蒙眬地说道。

"你一个大男人，说这种话不觉得难为情吗？快去。"妻子冷冷地说。

"好吧。"特里封终于起床了。

特里封很快就捡了一车柴火，准备回家。

"我饿了，你让我把牛吃了，当你遇到困难时，我一定会来帮助你的。"一只鹰落在车上，对他说。

"那我回家该怎么交代呢？"特里封反问道。

"这个世界上都是丈夫管妻子，你有什么可交代的？"鹰回答道。

特里封觉得鹰说的有道理，于是把牛送给了它。

鹰叫来几只同伴，很快就把牛吃掉了。

"谢谢你，善良的人，我们都会记得今天的事儿，以后一定会报答你，但是今天你得自己想办法把车拉回去了。"吃饱的鹰们扇了扇翅膀，飞走了。

"这可怎么办？如果妻子知道我把牛送给了鹰，一定会骂我的，说不定还会找人揍我一顿呢。"特里封顿时傻了眼，心里合计着。

最终，他决定不回家了，要出去流浪。

特里封点着了一垛干草，想先取暖，然后再去流浪。

没想到，几百条蛇正在草垛下的洞里过冬。烟和火钻进洞里，冬眠的蛇被熏醒了，一条接一条地爬了出来。

特里封被吓了一跳，来不及多想，抡起斧子就砍。

"好心人，求你放我们走吧。我会给你很多钱，你能背得动多少，就给你多少。"一条蛇哀求道。

特里封一听有这样的好事儿，急忙把蛇挑出了火堆，然后跟着蛇去取钱。

特里封不想犯放走鹰那样的错误，于是一步不落地跟着蛇。走着走着，原本一直走在前面的蛇不见了，特里封迷了路，竟然走到了悬崖边上。他认定蛇也欺骗了自己，非常伤心。

"你需要我的帮助吗?"远处飞来一只鹰,和气地问他。

"骗子,你们吃了牛,然后就不管我了。蛇也是骗子,说送我东西,却把我领到这儿来。"特里封生气地说。

"我怎么会骗你呢。那条蛇的父亲是蛇王,你现在骑到我的身上来,我带你去找它。知道你救了它的孩子,蛇王一定会送给你很多礼物的。"鹰诚恳地说。

特里封相信了鹰的话,鹰把他送到了蛇王的王宫前。

"你要记住,什么宝物都可以不要,但一定要蛇王嘴里

的珠子，那颗珠子能让你成为世上最富有的人。"鹰嘱咐道。

被特里封救出来的那条蛇，原来是蛇王的女儿。蛇公主一眼就认出了他。

"父王，这个人把我从火里救了出来，请您奖赏他吧。"蛇公主对蛇王说。

"我可以送你一群羊、一群牛和一大笔钱，以感谢你救了我的女儿。"蛇王请特里封坐下，然后对他说。

"尊敬的蛇王，我不想要这些东西，只想要你嘴里的那颗珠子。"特里封认真地说。

蛇王认为特里封贪得无厌，想要惩罚他，但由于蛇公主苦苦哀求，最终饶恕了他，并把珠子送给了他。

鹰把特里封送回了森林，他把珠子扔到一块大石头上。

"要你有什么用，我现在饿了，你能给我一桌酒菜吗？"特里封嘟囔着。

话音刚落，一桌热气腾腾的美味佳肴就摆在了他的面前。

特里封先吃了一惊，随即便大吃起来，吃完才想起来感谢鹰提醒自己要来了珠子。

他之前常常被人当作傻瓜，现在依靠万能的珠子终于挺起腰杆做人了，还经常故意向人们炫耀珠子的神奇。

人们出于嫉妒，也去寻找珠子。大部分人根本到不了蛇王国，少数人即使到了那里，也会被蛇王吃掉，于是有人打起了特里封的主意。

一个人拿着一把锈迹斑斑的钢刀来找他。

"我用宝刀交换你的珠子，怎么样？"来人问特里封。

"你以为我是傻子吗，会用宝珠换一把破刀？"特里封不以为然。

"这可是一把宝刀，它能按照主人的命令杀掉任何人。"来人信誓旦旦地说。

特里封想了想，同意交换，但一接过刀，马上命令它杀掉眼前这个人。刀真的飞了起来，杀死了原来的主人。特里封拥有了两件宝物。

一天，一个人扛着一根大棍子迎面走来。

"只要主人发出命令，我的棍子就会去打人。我用棍子换你的珠子怎么样？"这个人问特里封。

特里封很感兴趣，于是同意了。他一接过棍子，马上命令宝刀砍下了这个人的头。就这样，他拥有三件宝物了。

一天，特里封遇到了一个乞丐，乞丐头上戴着破帽子，肩上背着破麻袋。

"老兄，你这是要去乞讨吗？"特里封主动和乞丐打招呼。

"我要用帽子和麻袋换你的珠子。你可别小瞧这些东西，戴帽子的人在谁面前摘下帽子，谁就会变成石头；把袋子扔到地上，里面就会钻出来无数个士兵。"乞丐自豪地说。

特里封同意交换，但又故伎重施，命令宝刀取了乞丐的性命，拿走了那两件宝物。

特里封遇到一个怪人，他的肩上背着一条粗大的鞭子。

"你该不会也是来找特里封的吧？"特里封琢磨这条鞭子也一定是个宝贝，于是主动上前打招呼。

"我要用神鞭换他的宝珠。"怪人回答道。

"神鞭究竟神在哪里？"特里封好奇地问。

"神鞭能让石头人复活。"怪人回答说。

"我就是特里封，我们成交吧。"特里封接过鞭子，又把怪人给杀了。

特里封终于回到家了。

"你是不是疯了？戴顶破帽子，拿着根棍子，还背了个破袋子，你完全就是一个乞丐，居然还拿了一把刀。我们的牛和车都哪去了？"妻子把怨气一股脑地倾吐出来。

"我现在可是世界上最富有的人了。"特里封得意扬扬地说。

妻子以为他又喝醉了，气得跑回娘家向兄弟们诉苦。

妻子的兄弟们来找特里封，想教训他一下。

"你们识相点儿，别说是你们，就是国王带着军队来，也不可能打败我。"特里封傲慢地说。

有几个人想冲上来揍他，他摘下帽子，那几个人立刻变成了石头。

妻子吓坏了，恳求特里封救救兄弟们。他命令鞭子抽打石头人，石头人们又活了过来。

特里封越来越狂妄，村民们偷偷给国王写了封信，请国王教训一下他。

特里封收到国王的召见令，将宝物都带在身上，来到了王宫。

"您好啊，尊敬的陛下。"他连帽子也没摘，只是朝国王点了一下头。

"你是乞丐还是疯子，怎么这个样子就跑来见我？"国王愣了好长时间才说出话来。

"我比你还富有，才不是乞丐呢，而你才是真正的疯子。"特里封笑着说。

国王认定他是疯子，不想和他一般计较，于是让他赶紧走。

"我可不是你能招之即来，挥之即去的人。"特里封骄傲地说。

国王顿时恼羞成怒，命令士兵捉住特里封。特里封不慌不忙地摘下帽子，冲过来的士兵都变成了石头。

国王一见，也慌了神儿。

"这不算是你的本事，你得同士兵真刀真枪地决斗，而不能用魔法。"国王急中生智，对特里封说道。

"没问题。"特里封答应下来。

特里封用鞭子让士兵们都复活过来。

士兵们原本想跑得远远的，但是在国王的严令之下，只得举着武器扑向特里封。

特里封把破袋子扔到地上，里面冲出来很多士兵，多得数都数不过来。

"你说得对，你不是乞丐，你是最富有的人；你也不是疯子，我才是。我愿意把所有的财产都给你，你放我一条生路吧。"国王吓得赶紧求饶。

"我才不想要你的财产呢。不过，为了让你记住教训，你必须送我点儿东西。"特里封趾高气扬地说。

"你要什么我都给你。"国王唯唯诺诺地说。

"我就要一辆牛车和一辆马车吧。"特里封想了想，说道。

他让人把牛车赶回家，给了妻子，自己则驾着马车开始了旅行。

此后的很多年，特里封都是一个人孤独地生活着，没有亲人和朋友的陪伴。

"虽然我拥有这么多宝物，但是好像宝物也没有带来幸福啊！"特里封在临终前感叹道。

说完，这个不知是幸运还是不幸的人咽下了最后一口气，离开了这个世界。

聪明的猴子

很久以前，有一个小男孩儿，家里非常贫穷，经常吃不饱饭，穿不起像样的衣裳。一家人努力工作，希望有一天能改变现状。

这天，小男孩儿正在树林里玩儿，突然看到一颗闪闪发光的宝石。小男孩儿欣喜若狂，拿起宝石一溜烟地跑回家中，迫不及待拿给父母看。

想着将要成为这块宝石的主人时，全家人都对以后的生活充满了希望。

"我们买一只绵羊吧，用羊毛换一些钱，这会改善我们贫穷的生活。"爸爸说道。

妈妈再也不能忍受每餐都吞咽难吃的食物了。

"我们拿它换一袋豆子吧。"妈妈提议道。

小男孩儿默默地听着父母的建议。

"不，我要用它来买一件世界上最奇妙的东西。"说完这番话，小男孩儿就直奔市场。

小男孩儿每到一家店铺，就询问店主是否出售世界上最奇妙的东西。可是，每个老板都疑惑地向他摇头。

男孩儿失望地离开最后一个商店，准备回家。在回家的路上，他看到一只猴子被绑在路边的树上。

"世界上最奇妙的东西大概就是这只可爱的猴子。"小男孩儿心想。

小男孩儿走到猴子主人面前，提出要用宝石换猴子。

"好啊，好啊。"猴子主人高兴极了。

小男孩儿的父母看到儿子带回家的不是绵羊，也不是豆子，而是一只猴子时，非常生气。

"我们挨饿的时候，这只猴子能让我们吃上饭吗？就这么一点儿值钱的东西，却让你给糟蹋了。你这个孩子，真是不懂事儿！"妈妈责怪说。

小男孩儿默默地低着头，一句话也没有说。

时间一天天过去，这只猴子每天都四处游荡，寻找食物。

这天，它爬上一座宫殿的屋脊，看到屋内有数不尽的金银财宝。

不一会儿，巨人将所有的金币都放在宽大的阳台上，之后就躺在金币旁边打起了瞌睡。

一看巨人睡熟了，猴子就从房子上跳到阳台上，迅速抓起两枚金币撒腿就跑。到家之后，猴子将金币交给了自己的小主人。

巨人睡醒后，发现少了两枚金币，十分生气，可又不知道谁拿走了金币，只好从此加强戒备。

一天，巨人看到一只猴子在注视着他的金币。

　　"一定是你偷了我的金币。你这只泼猴，我要杀了你!"
说完，巨人一把将猴子抓过来。

　　一看势头不对，机灵的猴子马上心生一计。

　　"亲爱的舅舅，您怎么能杀死您可爱的外甥呢?"猴子对
巨人亲热地说道。"胡说，我哪儿有什么外甥!"巨人大吼
道。

　　"好了，舅舅，你听我说。外甥是不会对舅舅撒谎的。

您有那么多财富，可惜您没有老婆，所以也就没有子女来继承。当您死后，您的所有财富可能落到陌生人手中，也可能会被强盗抢走。一想到这些，我都非常为您担心。所以，我来到这里，是想让您和一位美丽的姑娘结婚，然后再生个聪明可爱的孩子，这样，你的财产就有人继承了。"猴子绘声绘色地说道。猴子并没有失去信心，仍然试图平息巨人的愤怒。

"如果这是真的就太好了，我亲爱的外甥！"巨人立刻改变了自己的态度。

巨人高兴地放开了猴子，允许他回家去给自己找一位新娘。

在回家的路上，猴子想出了一个计策。

回到家中，它和主人用稻草扎了一个稻草人，然后又在稻草人外面糊上几层白纸，画了半天。最后，这个稻草人像极了一个装扮美丽的姑娘。

"完成啦，接下来就要给新娘穿新衣服啦！"猴子自言自

语道。

几天后，猴子又来到了巨人的住处。

"亲爱的舅舅，我已经为您找到了一个漂亮的新娘，可她需要些钱来买几件漂亮的衣服。您能帮我想想办法吗?"猴子对巨人说道。

"我亲爱的外甥，这些事儿不用发愁，我的金银财宝，你随便拿，只要新娘开心就好，快去准备婚礼吧!"听说外甥已经为他选了一个漂亮的新娘，巨人高兴得手舞足蹈。

猴子和小男孩儿给稻草人新娘装扮一新。

装扮完毕，猴子又跑到了巨人的宫殿中。

"亲爱的舅舅，新娘已经装扮好了，可是没有钱给新娘打造金银首饰，新娘如果不开心的话，该怎么办呢?"猴子望着巨人说道。

"这算不了什么，快去我的宝库拿上一袋黄金，这点儿黄金比起我的新娘又算得了什么!"巨人非常大方。

猴子回到家中，又将一袋子黄金给了小主人。

送完黄金，猴子又跑到巨人那里。

"亲爱的舅舅，明天就是你结婚的日子了，我要嘱咐你几件事情。"猴子对巨人说道。

"没问题，一切都听你的。"巨人满口答应。

"第一，明天举行婚礼的时候，你必须躲藏起来，不能让他们看到你。因为你的样貌会吓到抬新娘的轿夫。我明天会将你关在内屋，并将门锁上。第二，你必须和新娘保持一段距离，不然会吓跑新娘。"巨人急于把新娘娶回来，便答应了猴子的条件。

第二天，猴子命人将"新娘"放进了花轿，并且雇了四个轿夫。一出家门，轿子后面跟了很多看热闹的村民。

轿子刚离开村子，猴子就急忙跑到巨人的宫殿里，将巨人锁进屋内。对门是一间为新娘布置的房间。当把"新娘"送进新房后，猴子迅速将门锁上，只留一条小缝。

猴子打开巨人的房间，带他来到新房门口。

"亲爱的舅舅，现在您只能透过这条缝儿来欣赏漂亮的新娘。假如你忍不住冲进新房，就会吓死新娘。所以，你必须在两年内克制自己不要鲁莽，等到新娘适应你模样的时候，你就可以和新娘一起生活了。"猴子对巨人说道。

按照猴子的嘱咐，巨人通过那条缝隙看到美丽的新娘坐在华丽的床上，不由得满心欢喜。

"我能娶到如此貌美的姑娘，全是你的功劳。"巨人一边望着新娘，一边拍着猴子说道。

"我亲爱的舅舅，我为您找到了这么漂亮的新娘，您是否为我准备了谢礼啊？"借着巨人的高兴劲儿，猴子马上提出要求。

"我所有的财富都由你支配，你想要多少就拿多少。"巨人很大方地说道。

猴子又拿了许多财宝，并将这些财宝给了自己的主人。

"亲爱的父母，没有这只猴子我们永远不会拥有这么多的家产。一天，小男孩儿对父母说道。

"在这个世界上，也许一个最不起眼的东西都有着至关重要的用途，就是路边的石子也是必不可少的东西，你们说对吗?"小男孩儿悟出了道理。

巨人不再满足于透过门缝偷看新娘。

一天，他不听猴子的嘱咐，用力推开了新房的门。

当他怀着欢喜紧张的心情轻轻触碰新娘时，新娘竟倒在地上，一动不动了。

巨人突然想起了猴子的叮嘱，禁不住浑身发抖，责备自己导致了这场悲剧。

"新娘被我吓死了，我违背了自己的承诺。"巨人痛苦不已。

就在这时，猴子从外面跑进来，看到了眼前的一幕。

"天哪，我亲爱的舅舅，怎么会变成这样!"猴子马上装出一副非常伤心的样子。

"悲痛、悔恨也不能使死人复活。现在让我们来安排一下葬礼吧。送葬时，你应该放声痛哭，并高声大喊'我亲爱的妻子呀，我可爱的妻子呀!'"猴子对巨人说道。

巨人点头称是。

巨人将稻草新娘放到棺材里，一路上吹吹打打地朝火葬场走去。泪流满面的巨人跟在灵柩后面，哭喊声震荡四野。

"噢，我亲爱的舅母呀，你死了我是多么伤心呀！"猴子也假惺惺地跟在后面。

猴子离开了巨人，回到了小男孩儿的身边。从此一家人过上了幸福快乐的生活。

双星王子

从前，有一位叫苏巴胡的国王，长得非常英俊，美中不足的是，他结了六次婚，却始终没有一个孩子。

这确实让他太伤心了，便决定不再做国王。他把王位让给了弟弟，然后收拾行囊，带着一个忠诚的大臣到森林里去了。

苏巴胡虽然有时有些糊涂，但他很善良，在位时做过很多好事。比如，他同情平民百姓，把钱财送给贫苦的穷人；对手下人很和气，能听取不同的意见。

他带着心腹大臣离开王宫，来到一片大森林，又沿着山路走了很久，最后来到一个湖边。

天色渐渐暗了下来，夕阳照在美丽的湖面上，将湖水染成半边红色，半边绿色，非常好看。苏巴胡叫住大臣，说晚上就住在这个美丽的湖畔。

支起帐篷，苏巴胡坐在帐篷里休息，大臣在帐外收集枯叶，升起篝火，烧烤打来的山鸡、野兔。

月亮高高挂在空中，苏巴胡和大臣品尝着野味，赞不绝口。吃完野味，大臣服侍苏巴胡睡下，然后手持宝剑，站在帐篷外站岗。

大臣站在帐外，注视着周围的动静。突然，他发现月色笼罩的湖面上，裂开了一条大口子，不一会儿，从里面钻出一个人来。

从湖里钻出来的是一位年轻漂亮的女子。她来到岸边，用笤帚在湖边打扫出一块空地，然后转身回到湖里。

一会儿工夫，年轻女子又提了一个篮子钻出湖面。她从篮子里拿出美味佳肴，摆在空地上，然后又回到湖里。

突然，湖面又裂开了，两位美若天仙的女孩儿携手从湖里走出来。她们在摆好菜肴的空地上，缓缓坐下，边吃边聊了起来。

两个女孩儿长得很像，一看就是亲姐妹。

"姐姐，告诉我，你将来想生一个什么样的孩子呢？"妹妹问道。

"我想生一个儿子，一个勇敢坚强的儿子。妹妹，你呢？"姐姐回答后问道。

"我也想生一个男孩儿，一个左肩扛着太阳，右肩扛着月亮，双肩能发出太阳和月亮光芒的男孩儿。"妹妹想了想说道。

用过餐后，天也快亮了，她们携手走进湖里，湖面又恢复了平静。

第二天一早，大臣就将昨晚看到的一切告诉了苏巴胡。

"大王，您应该娶那个漂亮的妹妹做妻子，她一定会为您生一个左肩扛着太阳，右肩扛着月亮的男孩儿。"大臣对苏巴胡说。

苏巴胡将信将疑，怎么会有这么神奇的事情呢？但这又出自一个对他忠心耿耿的大臣之口。

于是，他和大臣商量，怎样才能娶到那个美丽的妹妹。

苏巴胡和大臣盼望着太阳早点儿落山。

天终于黑了下来。苏巴胡和大臣埋伏在预先选好的地方，睁大眼睛，等待两位漂亮的姐妹到来。

夜已经很深了，苏巴胡非常困倦，以为不会再有奇迹发

生。正当他准备转身离开时，湖面突然裂开了一个大口子，和昨天一样，一位年轻漂亮的女子，飘然上岸，用笤帚在湖边扫出一块空地，然后转身回到湖里。

一会儿工夫，年轻女子又提了一个篮子钻出湖面，从篮子里拿出美味佳肴，摆在空地上，然后又回到湖里。

这时，湖面的裂口更大了，两位美若天仙的女孩儿携手走出湖面，来到摆好佳肴的地方，坐下来，边吃边聊。

那个年龄小一些的，一定就是妹妹。苏巴胡发现她不仅身材婀娜多姿，皮肤白皙，而且慈眉善目，一看就知道人很善良。苏巴胡立刻对她产生了爱慕之心，希望能和她结婚，生出一个不同寻常的男孩儿。

东方露出了鱼肚白，姐妹俩正想牵手回到湖里，苏巴胡猛地从树丛后冲出来，紧紧抱住妹妹。姐姐本想过来帮忙，但天已经快亮了，加之大臣也赶了过来，就只好扔下妹妹，自己钻进了湖里。湖面很快又恢复了平静。

苏巴胡请姑娘不要哭喊，请求姑娘和他一起去王宫，并且承诺要好好照顾她一辈子。

姑娘被苏巴胡的诚意打动，答应了他的请求。

苏巴胡和姑娘在大臣的陪同下，离开森林，回到王宫。

看到哥哥归来，苏巴胡的弟弟非常高兴，将王位还给了他。不久，国王就和美丽的姑娘举行了隆重的婚礼。

老王后听说这位新王后将要为国王生出一个左肩扛着太阳，右肩扛着月亮的男孩儿，既嫉妒又恐慌。她非常害怕这位新王后真的生出一个不同寻常的男孩儿。那样，国王就会宠爱这位新王后，而她与其他几位王后自然就会失宠。

于是，她们凑到一起商量对策。

不久，新王后怀孕的消息就传遍了整个王宫。得知国王要请一位星相家预测未出生王子的命运，老王后便买通了一位最著名的星相家。

几天后，国王果然找来那位被收买了的星相家，让他预测未出生王子的长相和命运。

"国王，据我预测，新王后要生的并非是人，而是一个怪物。"星相家装模作样地说道。

国王一听，勃然大怒，赶走了星相家，然后焦急地等待王子出世。

一转眼几个月过去了，新王后就要分娩了。可是老王后早已买通了接生婆，让她及时通报新王后分娩的消息。

国王在隔壁的房间里走来走去，不停地向往来奔走的女仆打听新王后生产的消息。

新王后果然生下了一个男孩儿。可是孩子一落地就把大家吓坏了——在他的双肩上闪耀着太阳和月亮的光芒。

所有人都显得茫然不知所措，只有老王后十分镇静，马上吩咐将孩子用一件衣服包裹起来，让接生婆将他扔进池塘，然后又命令将一块木头用衣服包裹起来抱给国王，告诉他新王后生了一个怪物。

看见衣服里的木头，国王气得要死，认为是新王后欺骗了他。于是，作为惩罚，国王将新王后赶入牲口圈，让她和牲口吃住在一起。

新王后绝不相信自己会生下一块木头，但又不知自己的孩子被藏到了哪里，只好每天以泪洗面，日夜想念自己的儿子。

王子被扔进池塘后，一条大鱼接住了他。大鱼将王子藏在自己的肚子里，像母亲一样关心和照顾他。王子要睡觉，大鱼就把他放在肚子里；王子要玩耍，大鱼就把他吐

出来，让他到岸边玩一会儿。

王子一天天长大，肩上的光芒越来越耀眼。

一天，老王后的耳目听说池塘边经常会出现一团奇异的光，便将此事报告给了老王后。

老王后立刻意识到小王子还活着，马上和耳目商量对策。

"今天晚上，你们每个人都要发出尖厉的叫声，声音越大越好。"老王后吩咐宫中所有女人。

晚上，国王被宫中女人的尖叫声吓得半死。他马上招来一个医生，询问她们都得了什么病。没想到，这个医生也被老王后买通了。

"没什么，只要将池塘里那条大鱼捞上来杀死，她们就再也不会这样尖叫了。"医生说道。

于是，国王下令捕捞池塘里的大鱼。

大鱼绝非一条普通的鱼，而是一条鱼精，非常通人性。它已经知道了老王后的阴谋，所以早就想好了保护王子的办法。

"兄弟，我知道你不是一匹普通的马。这个孩子就交给你了，希望你能好好照顾他。"大鱼叫来宫中的一匹飞马说道。

飞马看着左肩扛着太阳，右肩扛着月亮的男孩儿，非常喜欢，便答应了大鱼的请求，将王子吞进肚子。

天刚亮，在老王后和其他几位王后的监视下，渔夫开始捕捉那条大鱼。大鱼终于被捕捞上来，狠心的渔夫立刻将大鱼的肚子剖开。

一看里面什么都没有，老王后马上明白是被这条大鱼骗了。她既恼火又恐惧，害怕事情败露。

飞马开始精心抚养这个神奇的孩子，每天都要等大家睡觉了，才将小孩儿吐出来，让他在身边玩儿。

人们发现一件奇怪的事，宫中的一匹马白天从不吃东西，只有在夜深人静的时候，才吐出个小孩儿，然后在一种神奇光芒的陪伴下吃草。

老王后明白，那个吐出来的小孩儿就是小王子，于是又动了杀机。

一天，她来给飞马喂草，可是它就是不吃。老王后非常生气，便添枝加叶地告诉了国王。

"不能吧，让我去喂喂看，那匹马最听我的话。"国王说道。

国王带着老王后来到飞马面前，递上一把新鲜的青草，可是飞马看了一眼，摇摇头走开了。

"这个畜生，连我的面子都不给，把它牵出去斩了！"国王生气地叫喊道。

侍从刚要将它牵出去斩首，飞马突然展开翅膀，腾空而起，还没等大家反应过来，就已经飞出了王宫。

飞马将王子带到了另一个王国，在那里精心抚养王子。后来，王子慢慢长大，飞马的肚子里已容不下王子。但是，飞马还是不忘大鱼的嘱托，全身心地照看着王子，用一块布遮住王子肩上日月的光芒。

几年以后，王子已经长成了一个高大英俊的小伙子。这时，他已不再用布遮住双肩上的日月光芒，因此他所到之处，都会引来人们惊奇的目光。

这个王国的国王有三个女儿。一天，国王问女儿们想要嫁给什么样的人。

"父亲，我要嫁给一位像父王一样伟大的国王。"大女儿回答说。

"父亲，我的丈夫最起码也应该是个王子。"二女儿回答说。

两个女儿的回答都让国王很满意，于是他又问最小的三女儿。

"你能说说你未来的丈夫应该是个什么样的人吗？"国王问道。

"我想嫁给那个经常经过我窗前的年轻人，他左肩扛着太阳，右肩扛着月亮，我一定要嫁给他。"三女儿认真地回答说。

后来，大女儿嫁给了一个国王，二女儿嫁给了一个王子。国王本来希望小女儿能嫁一个富有的国王或王子，可是她却偏偏要嫁给一个名不见经传的小伙子。国王很不开心，但小女儿是他最疼爱的，虽然不同意，但还是满足了小女儿的心愿。国王见骑飞马的年轻人一无所有，便给夫妻俩建了房子，置办了家当。

后来这个王国遭敌国入侵，国王一看王位难保，非常郁闷。

"父亲，就让我的丈夫去抗击入侵之敌吧。"小女儿不忍心看见父亲这样难过，便对国王说。

国王也觉得三女婿与众不同，便决定让他率领人马前去迎敌。三女婿骑上飞马，身上发出太阳和月亮的光芒，所向披靡。在和入侵者交战时，他一马当先，冲在最前面。看见他左肩扛着太阳，右肩扛着月亮，光芒耀眼，势不可当，入侵者吓得不战而退。于是，他不仅连收失地，还将入侵者的头领砍死，大胜而归。

国王很高兴，封三女婿为无敌将军，还赏赐给他很多金银财宝。

从此，关于这个国家有一位左肩扛太阳，右肩扛月亮的将军的消息不胫而走、四处流传，而且不久就传到了苏巴胡国王的耳中。

"真的有左肩扛着太阳，右肩扛着月亮的孩子？这应该就是我的儿子呀！我要去寻找儿子，他不能没有爸爸，不能没有妈妈呀！"苏巴胡国王夜不能寐、寝食不安，决定去寻找儿子。

苏巴胡国王来到邻国，对邻国的国王叙说了事情的经过。邻国国王听说自己的三女婿是苏巴胡国王的儿子，非常高兴，马上命令三女婿进宫。

"我对自己的父母一点儿印象也没有，我什么都不知道呀！"三女婿说道。

看见这个左肩扛着太阳，右肩扛着月亮的小伙子，苏巴胡国王讲起了他与仙女认识的经过，还讲了小伙子被飞马带到这里来的过程。小伙子问他的母亲现在在哪里。

"我听信了谗言，将你母亲赶进牲口圈，让她同牲口同吃同住。"苏巴胡国王惭愧地说。

听了母亲的遭遇，小伙子非常气愤。

"你们这样对待我的母亲，我很难过，我要您向我的母亲道歉，让那些陷害我母亲的人，做我母亲的奴仆。只有这样，我才同意跟您回去。"小伙子态度坚决。

苏巴胡国王答应了儿子的全部要求，并不停地自责，希望儿子能够原谅自己。小伙子本来就通情达理，请父亲不要太过自责。然后，请父亲赶快动身，他要尽快见到自己受苦受难的母亲。

不久，苏巴胡国王就领着这个左肩扛太阳，右肩扛月亮的将军回到了自己的王国。苏巴胡国王亲自将新王后从牲口圈里接出来。这位可怜的母亲终于见到了日夜思念的儿子，坏人得到了惩罚。

小女孩儿娜莎

一个铁匠有两个妻子，一个叫康蒂，生有一个叫娜莎的女儿；另一个叫玛库萨，生有一个叫丽珠贝的女儿。

康蒂心地善良，勤劳能干，而玛库萨好吃懒做，心肠狠毒，经常给康蒂出难题。康蒂总是忍气吞声，从不和玛库萨计较。

由于操劳过度，康蒂得了重病，躺在床上，奄奄一息，眼看就要不行了。

康蒂让娜莎把玛库萨叫到床前。

"我恐怕是不行了，就把女儿托付给你了。"康蒂断断续续地说道。

玛库萨一口答应下来。

康蒂流下了感动的泪水，用十分微弱的声音连连道谢，还让娜莎管玛库萨叫妈妈。

没过几天，康蒂就去世了，娜莎哭得死去活来。邻居们见了，都非常难过。玛库萨一点儿都不难过，还暗暗庆幸自己终于掌握了家里的财政大权。

康蒂去世后，家务事统统落到了娜莎的身上。虽然她能做出可口的饭菜，可玛库萨却不让她上桌。吃饭时，娜莎得等玛库萨、丽珠贝和爸爸吃完后，才把剩下的饭菜端到厨房去吃。

娜莎本来是全城最漂亮的女孩儿，但由于伤心和劳累，脸色一天比一天难看，身体一天比一天消瘦。

这年夏天，城里的大街小巷都贴出了告示，说王子将要在本月的最后一天，在王宫举行一场盛大的游艺会，邀请全城的姑娘们参加。游艺会上，如果哪位姑娘能够说出王子的乳名，王子就会娶她为妻。

看到告示，全城都沸腾了。人们议论纷纷，猜测着王子的乳名叫什么。有女儿的人家，想让自己的女儿当上王妃；没有女儿的人家，想让自己的侄女或外甥女当上王妃。大家都想和王子攀上亲戚，日后享受荣华富贵。

在人们热切的期盼中，游艺会如期举行了。玛库萨一大早就把丽珠贝装扮的花枝招展，让她开开心心地去参加王子的游艺会，却把娜莎留在家里干活。

"您能让我也去参加游艺会吗?"娜莎向玛库萨请求道。

"想去也可以，但你要给我弄来五种新鲜的水果。"玛库萨看了娜莎一眼说道。

"现在是万物刚刚复苏的季节，哪儿有新鲜的水果啊!"娜莎想。

可是为了参加游艺会，娜莎还是决定试一试。她顶着炎炎烈日，来到荒山野岭之中，希望能够找到新鲜的水果。她找啊找，找遍了山山岭岭，衣服扯破了，脚也扎烂了，可连一个新鲜的水果也没找到。

娜莎急得眼泪都要掉下来了。正在这时，她发现了一棵高大的香蕉树，连忙跑到树下，仰头围着香蕉树转圈，可却没有发现一个香蕉。

"香蕉树啊，香蕉树，你怎么连一个果实都没有呢？"她自言自语地说道。

"谁说我一个果实都没有。"香蕉树竟然开口说话了。

"您好，我是娜莎。为了能让我参加王子的游艺会，请给我一只香蕉吧！"娜莎非常高兴，连忙上前一步对香蕉树说。

"怎么，参加王子的游艺会还要带香蕉？"香蕉树不解地问。

"不是王子要香蕉，是我姨妈要我找到五种新鲜的水果，才允许我去参加游艺会。"娜莎回答说。

"原来是这么回事啊。为了你能参加游艺会，我就帮帮你吧。"香蕉树说着长出一串香蕉，送给了娜莎。

娜莎非常高兴，连连向香蕉树道谢。

"不用谢，赶快去找其他的果树吧！"香蕉树说。

娜莎告别香蕉树继续寻找。

在一处悬崖边上，娜莎发现了一棵苹果树，连忙跑过去，仰头围着苹果树转圈，寻找新鲜的苹果。她一连转了好多圈，可还是一个苹果都没发现。

"苹果树啊，苹果树，你怎么连一个果实都没有呢？"她自言自语道。

"谁说我一个果实都没有。"苹果树竟然也开口说话了。

"您好，我是娜莎。为了能参加王子的游艺会，请给我一个苹果吧！"娜莎非常高兴，连忙上前一步对苹果树说。

"怎么，参加王子的游艺会还要带苹果？"苹果树同样不解地问。

"不是王子要苹果，是我姨妈要我找到五种新鲜的水果，才允许我去参加游艺会。"娜莎回答说。

"原来是这么回事啊。为了你能参加游艺会，我就帮帮你吧。"苹果树说着长出了两个苹果，送给娜莎。

娜莎非常高兴，连连向苹果树道谢。

"你赶快去找其他的果树吧！"苹果树说。

娜莎告别了苹果树，又在荒山野岭中转悠了起来。

在一条深沟边上，娜莎发现了一棵梨树，连忙跑过去，仰头围着梨树转圈，想要一个新鲜的果实，但一连转了好几圈也没有发现一个梨。

"大梨树啊，大梨树，你怎么连一个梨都没有呢?"她自言自语地说。

"谁说我一个梨都没有。"梨树也开口说话了。

"您好，我是娜莎，为了能参加王子的游艺会，请给我一个梨吧!"娜莎非常高兴，连忙上前一步对梨树说。

"怎么，参加王子的游艺会还要带梨?"梨树也不解地问道。

"不是王子要梨，是我姨妈要我找到五种新鲜的水果，才允许我去参加游艺会。"娜莎回答说。

"啊，原来是这么回事。为了你能参加游艺会，我就帮帮你吧。"梨树说着长出了两个梨，送给娜莎。

娜莎非常高兴，连连向梨树道谢。

"不用谢，赶快去找其他的果树吧!"梨树说道。

下午，娜莎又找到了杧果和阳桃。她带着五种水果，欢天喜地跑回家。

娜莎递上五种新鲜水果，可是玛库萨不但不履行诺言，反而让她去磨面。她独自来到磨坊，看着一大堆的麦子，什么都明白了，玛库萨根本就不想让她去参加游艺会。她伤心地坐在地上，偷偷地哭泣起来。

"孩子，你为什么哭啊？"一位老奶奶站在娜莎面前问道。

娜莎擦去眼泪，把自己想去参加游艺会，但玛库萨百般刁难的经过告诉了老奶奶。

"孩子，我的腰痛病犯了，疼得厉害，你能帮我揉揉腰吗?"老奶奶听后摇了摇头问道。

"反正也参加不了游艺会了，我就帮您揉揉腰吧。"娜莎说着搬来一个凳子。

娜莎请老奶奶坐下，给老奶奶揉起腰来。揉着揉着，老奶奶的腰突然裂开了，娜莎吓得连连后退。老奶奶让娜莎不要害怕，让她把手伸进去，掏出里边的东西。娜莎掏出了一个布包裹，裂开的伤口自动合拢，一点儿疤痕都没有。

娜莎感到非常奇怪。

"孩子，快把包裹里的衣服穿起来，游艺会就要开始了，再不去就晚了。"老奶奶说。

"可我还没磨完麦子!"娜莎说。

"这好办。"老奶奶说着用手一指，麦子立刻变成了面粉。

娜莎高兴地穿上新衣服，向王宫飞奔而去。

王宫里，王子正在寻找着自己未来的王妃。

"美丽的姑娘，你能说出我的乳名吗？"王子问身边的一个姑娘。

"尊敬的王子，我不知道您的乳名。"被问的姑娘连忙回答道。

"你真的不知道吗？"王子又问。

"我确实不知道。"姑娘急切地回答说。

"那你只能离开这里了！"王子失望地说。

王子问遍了所有的姑娘，可是没有一个能说出王子的乳名，姑娘们不得不满脸通红地离开王宫。

偌大的王宫里，只剩下娜莎一个姑娘。

"我看她也说不出王子的乳名，也得回家。"有人说。

"要是她能说出王子的乳名，我就心甘情愿地给她做一辈子仆人。"另一个人说。

"她要是知道王子的乳名，我就把家产分给她一半做嫁妆。"第三个人说。

王子来到娜莎面前，深情地望着她。

"这么漂亮的衣服，是你自己做的吗?"王子问道。

"是一位老奶奶送给我的。老奶奶腰疼，我帮她揉了腰。"娜莎已经不那么紧张了。

"那你知道我的乳名吗?"王子用期待的目光看着娜莎问道。

"虽然我不知道您的乳名，但我可以猜猜，您愿意给我这个机会吗?"娜莎反问道。

"好啊，那你就说说看!"王子来了兴致。

"您的乳名应该是斯康达尼米·让·豪瓦。"娜莎大声说出了王子的名字。

"猜对了，猜对了，你就是我要找的新娘!"王子一把将娜莎揽过来，大声喊着。

第二天，王子和娜莎举行了盛大的结婚典礼。

"你是怎么知道我的乳名的?"新婚之夜王子问娜莎。

"我是根据您的家族地位和英俊的外貌推测出来的。"娜莎小声回答说。

看到娜莎如此聪明，王子更加喜爱这位美丽智慧的新娘了。

自从娜莎成了王妃，玛库萨和丽珠贝就有一种说不出来的惶恐，既为自己的所作所为感到后悔，又怕娜莎记恨过去报复她们。

其实，她们的担心是多余的，娜莎早就忘记了不开心的过去，整日开开心心地与王子过着幸福、快乐的日子。

战场上的父子

古时候，有一个名叫苏丹的帝国。这个国家历史悠久，疆域辽阔，政权巩固，百姓安居乐业。可是，在巴尔马统治时，由于和宰相达尔拉不和，国家被迫分成两个小国家：瓦岱国和康密国。巴尔马是瓦岱国的国王，达尔拉是康密国的国王。两国之间积怨很深，时常挑起战争，不过，由于实力相等，对彼此的情况也很了解，所以谁也征服不了谁。

战争一直进行了很多年，两国百姓吃尽苦头。为此，很多人每天都虔诚地祈祷，希望战争早日结束，两国重归于好，百姓能过上安稳太平的生活。

瓦岱国有一个名叫穆龙的勇士，足智多谋，相貌出众，身材魁梧，力大超群，每次出征都手舞长矛，冲锋在前，左右开弓，所向无敌。瓦岱国感到非常骄傲和自豪。

康密国的士兵一听到穆龙的名字就胆战心惊，望风而逃。但穆龙为人耿直，并且不喜欢战争，认为战争只能给百姓带来灾难和贫穷。他不喜欢国王的霸权主义，也不希望打仗，所以时常在一些问题上同国王争得面红耳赤。所以，尽管穆龙为瓦岱国立下汗马功劳，但是巴尔马并不赏识他。有一天，穆龙独自骑马出外兜风。夏日的阳光暖乎乎的，花草树木枝繁叶茂，蝴蝶在空中飞舞，蜜蜂在花丛中勤劳地采蜜。

这样的风景吸引了穆龙，他一路观赏，一路游玩，不知不觉走出了瓦岱国的疆界，进入了康密国。

两国的交界处是一片辽阔的草原，草原上一片花海。这里平时没有卫兵守卫，穆龙扬鞭策马，在草原上飞快地奔跑。

由于天气炎热，跑了一会儿，他和马都汗水淋漓。他在马上望见远方有一个小湖，便催马朝湖边跑去。

穆龙来到湖边，看到湖水清凉，鱼儿在水中游来游去。他跳下马，一头钻进湖水里，饱饱地喝下几口，又痛痛快快地洗了个澡。

穆龙上岸后，坐在湖边的树荫下，阵阵清风吹来，感觉凉爽极了。他解下马的缰绳，卸下马鞍，让马在湖边自由地吃草，自己躺在树荫下，不一会儿就睡着了。穆龙睡着后，马边吃草边走动，离他越来越远，走到了湖的对岸。

就在这时，康密国的三个卫兵来巡逻，看见一匹浑身溜圆、毫无杂毛的好马，非常高兴。三人商量一番，准备把马弄走。

可是马不听使唤，他们抓了几次都没成功，最后，弄来一张大网，扣在马身上抓住了它。

卫兵们把马牵进城里，交给了酋长。这里就是康密国的边境城市多拉。多拉酋长围着这匹马看了又看，觉得它不是一匹寻常的马。

"给卫兵们每人一袋赏钱，再把这匹马藏起来，连同这三位卫兵一起，找一个好地方，给他们吃好喝好。总之，这件事情不要让任何人知道。"他把马交给总管。

穆龙醒来，四周静悄悄的。当他睁开眼睛寻找马时，却怎么也找不到了。穆龙顺着马蹄留下的痕迹去找，来到多

拉城。

"告诉你们的酋长，我是瓦岱国的穆龙，有事要拜访他，请他出来一下。"他对城门口的卫兵们说。

"穆龙要拜访您。"卫兵跑来报告正在看书的酋长。

酋长一拍脑门，立刻明白了，此马一定是穆龙的坐骑。他赶紧穿上鞋子，整理好衣服，来到城门前，向穆龙表示欢迎。

"请把马还给我！"相互致敬后，穆龙对酋长说。

"先进城吧，我陪你找一找，找到了就还给你，要是找不到，你就在我的马中选一匹吧！"酋长满脸笑容。

穆龙心想，酋长这样对待我，可真够朋友啊！在酋长的陪同下，他进了城。酋长事先已经通告了知情的百姓，谁也不准讲这件事情。

穆龙在街上转了好半天也没找到马。天黑了，酋长带他来到王宫。王宫里早已准备好了丰盛的酒宴，酋长单独陪他吃饭喝酒。

"百姓们真是不想再打仗了，现在这样多好，人畜兴旺，家家平安。"酋长说。

穆龙也赞成酋长的说法，可他们毕竟是臣子，决定权在各国的国王手里。他们感慨一番，推杯换盏，喝得非常高兴。

晚上，穆龙在酋长的王宫里过夜，刚刚躺下，似乎有人在推他，睁眼一看，面前站着一个少女。少女身材匀称，眉清目秀。

"你是谁，从哪里来，叫什么名字？"穆龙很惊讶。

"我叫蒂拉尼，是酋长的女儿。父亲要让我嫁人，可是除了你，我不喜欢任何人。我是悄悄来的，谁也没看见。你如果同意，明早就向我父亲提亲。"蒂拉尼回答。

"那太好啦！"穆龙很开心。

蒂拉尼转身走了。穆龙不敢相信世界上还有这样美丽的姑娘，一闭眼睛就觉得蒂拉尼站在自己面前。他无法入睡，坐在床上等到天亮。

第二天清晨，穆龙就去拜见酋长，提出要娶他的女儿为妻。酋长问蒂拉尼是否愿意嫁给他。蒂拉尼马上点头，表示同意。

"我同意让蒂拉尼嫁给你，不过有一个条件：一旦两国爆发战争，你们就得马上分离，即便有了孩子。如果战争不停止，你们就得永远分离。"酋长对穆龙说。

穆龙同意了。酋长为二人举行了盛大的结婚庆典。第二天，他把马还给穆龙，还送了很多礼物。新郎带着新娘回到自己的国家。

夫妻二人回国不久，蒂拉尼就怀孕了，还没等孩子生下来，两国就爆发了战争。于是，多拉酋长派人来接女儿回国。

"当孩子生下来时，如果是女孩，你就把这条项链戴在她的脖子上，给她起一个好听的名字；如果是男孩，你就把这条项链缠在他的胳膊上，把他培养成一个无敌的勇士。"分别时，穆龙取出一条带宝石的金项链交给蒂拉尼。

蒂拉尼含着眼泪不停地点头。穆龙拿出大量的财物交给蒂拉尼，让她生完孩子后好好补养身体，并为孩子举行一个隆重的起名仪式。

"上天会保佑我们平安无事的。"蒂拉尼一一接受了。

夫妻俩恋恋不舍地分别了。

蒂拉尼回国后，父母给她盖了新的宫殿。宫殿用坚实的硬木和石块组成，还修建了藏身的地下房屋和地道。

宫殿周围风景优美，很适合蒂拉尼休养，酋长和夫人经常过来陪伴女儿。

在父母和仆人们的照料下，没过多久，蒂拉尼就生了一个胖胖的男孩。

这个男孩豹头虎眼，满身红润，酋长和夫人天天把他抱在怀里。满月后，蒂拉尼为儿子举行了很隆重的起名仪式，取名萨哈比。

整个宫殿里喜气洋洋，摆酒设宴，大庆三天。蒂拉尼派人送信给穆龙。

"太好啦！"穆龙高兴得直拍脑袋。

穆龙特别想念妻子和儿子，让亲信乔装打扮，也给蒂拉尼送过几回信件。

他们就这样相互思念着。穆龙忙于战事，没有更多时间去照顾他们母子。

他决不允许国王出兵多拉城，因此经常和国王吵架。国王也不敢轻易到多拉城去，怕失去穆龙这员猛将。

时间飞逝，萨哈比已经十二岁了，身材高大，体格魁梧，力气很大，摔跤时，没有一个孩子能赢过他。

他经常领着一帮孩子玩战争游戏，自己当指挥官。酋长和夫人也搬过来和他们一起居住，这样就有很多卫兵保护着萨哈比。

没有人告诉萨哈比，他的父亲就是穆龙。战事时起时落，两国关系不好，蒂拉尼和萨哈比没有回到穆龙身边的机会。

蒂拉尼见孩子一天天长大，最害怕孩子问自己"我的爸爸是谁"，"他叫什么名字"。

每当萨哈比问起，蒂拉尼和父母都尽量搪塞过去。虽然萨哈比年纪小，但看大人们都不愿谈起父亲，觉得他们肯定有难言之隐，从此，就再也没有问起过。这天是萨哈比二十岁生日，酋长大摆酒宴，为他庆祝生日。

"妈妈，从今天起，我就是大人了，你不该对我隐瞒一些事情了。"萨哈比告诉母亲。

"萨哈比，你爸爸的名字叫穆龙，在瓦岱国，是一位人人敬佩的勇士。"晚上，在萨哈比的一再追问下，蒂拉尼只好如实地告诉他。

"妈妈，你说的穆龙，是人人都赞扬的瓦岱国大将军吗？原来，他就是我的父亲啊！"萨哈比一听，非常高兴，激动地流泪了，倒在地上打了好几个滚。

"妈妈，给我一匹好马，我要带一队人马，越过草原，跨过河流，去瓦岱国打仗。"过了好一会儿，他对妈妈说。

"我的儿子，我不许你再提打仗的事，你的爸爸现在让我每天牵肠挂肚，你的安全就是妈妈最大的幸福。"蒂拉尼一听萨哈比的话，马上就急了。

"妈妈，我要杀死瓦岱国的国王，让父亲当国王，然后再回来杀死康密国的国王，我登上国王的宝座，这样就不会再有战争了，你就再也不用担心爸爸了，我们就团聚了。到那时，你就是王后！"萨哈比说。

蒂拉尼看着儿子，这个大小伙子，不怕吃苦，天天骑马

射箭，舞刀练枪，练就了一身好武艺，而且很有志气，真是智勇双全。她满心喜欢，但事关重大，不可贸然而行。

"你这是在做梦，孩子。"她看着儿子。

第二天早上，蒂拉尼将此事告诉了父亲。酋长听了女儿的话，见外孙这样有出息，就梳洗打扮，换好礼服，去见康密国的国王。

到了王宫，酋长把萨哈比请缨攻打瓦岱国的事情禀告给国王。国王一听，非常高兴，正发愁没有人能带兵去同瓦岱国交战，而且早就听说萨哈比武艺高强。

他立即召见了萨哈比，赐给他一匹好马和五千精兵。萨哈比喝了国王给他的辞行酒，高高兴兴地回到母亲跟前。

"必要时，给你父亲看看这个。"蒂拉尼见孩子真要出征了，拿出穆龙当初留下的那条带宝石的金项链，缠在萨哈比的胳膊上。

萨哈比谢过母亲，穿上盔甲，挂上腰刀，跨上战马，带着精兵，向瓦岱国出发。

萨哈比哪里知道，在这五千精兵里，有国王的两个心腹，一个叫祖鲁，一个叫巴劳。

"这次给你们安排在萨哈比的身边做贴身侍卫，等他征服了瓦岱国后，你们就找机会杀死他。"临走之前，国王把他们叫进密室。

"为什么?"祖鲁和巴劳不解。

"萨哈比是瓦岱国将军穆龙的儿子，不除掉他，我心不安啊!"国王回答。

两个士兵恍然大悟，发誓一定会完成任务。萨哈比的部队穿过草原，进入瓦岱国，首先包围了边境城市通巴。

通巴城的酋长也是一位勇敢的人，见康密国的军队包围了自己的城市，便亲自带领军队出城迎战。

萨哈比和通巴酋长展开了激烈的交战。两匹战马昂起脖子，极力嘶吼。

萨哈比血气方刚，越战越勇；通巴酋长终究是上了年纪的人，渐渐显得力不从心。

正在通巴酋长感觉招架不住的时候，萨哈比借疾跑如飞的马，一把将他从马上拉过来，提在手里。通巴的士兵见酋长被虏，逃进城去了。

通巴酋长的女儿在城楼上看见自己的父亲被活捉，急忙回到宫里，穿上盔甲，戴上帽子，骑着战马，出城迎战。

"想送死吗？连你们的酋长都不是我的对手，你能有多强的武艺？"萨哈比看见一个青年来迎战，大声笑道。

"少废话，放下他，咱们较量一番！"通巴酋长的女儿吼道。

萨哈比把通巴酋长扔到地上，让士兵把他绑起来，转身过来和青年交战。

女儿怀着为父亲报仇的决心，举着长矛不断地向萨哈比刺去，刺中了萨哈比左臂上的盔甲，差点儿刺伤他。

萨哈比这才感到不可小看对手，于是振作精神，拿出自己的真实本领与之交战。战场上，两根长矛寒光逼人，两个年轻人棋逢对手。

打了很长时间，通巴酋长的女儿毕竟是个女子，体力有限，渐渐有些招架不住了。

萨哈比此时正在兴奋之际，觉得浑身有使不完的力气，见对方有些招架不住，暗自高兴，瞅准一个空隙，把对方擒过来，自己也跳下马，用脚踩住对方的身体，拔出刀准备杀死对方。

通巴酋长的女儿在地上使劲儿挣扎，头上的帽子滚落到地上。萨哈比一看是个女子，大吃一惊。他仔细一看，竟然还是一个如花似玉、美丽标致的女子。

"原来是一名女将，真了不起呀！咱们兵刀相见，机缘千载难逢，看来我们是天生一对。待我征服了你们全国，一定举行仪式，娶你为妻！"萨哈比赶紧收起刀，放开她。

"你们为什么要挑起这场战争？"通巴酋长的女儿并没有直接回答。

"我要杀死你们的国王，分他的财产。"萨哈比回答。

"那你是为了钱才打仗的？"通巴酋长的女儿十分不解。

　　"钱财自然也是不可缺少的一部分。"萨哈比说得头头是道。

　　"那你整理军队，跟我进城，我把全部财产都送给你。"通巴酋长的女儿毫不含糊。

　　通巴酋长的女儿骑马走在前面。萨哈比带着队伍走在后面，之间有着一段距离。当通巴酋长的女儿刚走进城门，就命令士兵关上城门。萨哈比和他的军队被关在城外。

"为了钱财而打仗，真丢人，快回去吧，别在别人的国土上赖着不走！"通巴酋长的女儿走到城楼上，对萨哈比大声喊道。

说完，她命令士兵放箭。箭如同雨点儿一般从城楼上飞落下来。

"等我拿下这座城后再和你算账。"萨哈比气得脸色发白，赶忙命令士兵往后撤。

通巴酋长的女儿知道自己力量有限，抵挡不住对方的进攻，急忙组织全城的人挖一条通往城外的地道。

地道挖好后，她连夜组织全城的人从地道里逃走了。第二天凌晨，萨哈比带领军队攻进城，找遍全城每个角落，没有见到一个人。他感到很震惊，心中更加佩服这员女将。

"国王陛下，十万火急，一名举世无双的勇士领兵侵入我国境内，攻陷了通巴城，请您速派兵解救，不然，通巴城就会毁于这些人手中！"通巴酋长的女儿派人给瓦岱国国王送去一封信。

"你亲自送给穆龙将军过目。"瓦岱国国王看过告急信，推给送信的使臣。

"大将军，不得了了，快派兵吧！"使臣飞快地跑到穆龙将军的官邸。

"慌什么，有什么可急的，先吃饭，睡一觉再说！"穆龙一看是派兵打仗的事，心里很厌烦，派人带使臣去吃饭。

使臣吃完饭，当夜就在穆龙的官邸里过夜了。第二天早晨，使臣走后，穆龙不慌不忙地用过早餐，骑着马在城里转了一大圈。

他看到百姓们在干活，商人们在卖货。人们纷纷和这位大将军打着招呼，好像根本不知道要打仗的事情。转完了一大圈，穆龙来到王宫，拜见国王。

"将军看见信了吗，派兵了吗？"一见面，国王忙问。

"没有派兵，几个康密兵在边境上挑衅，不值得大惊小怪，我们要尽量避免战事扩大，战争对两国都没有好处。"

穆龙回答。

"我的通巴城已经被他们占领了！"国王见穆龙这样轻描淡写，非常不满意，懊悔当初不该迫于形势把他提升为大将军。

"一座空城能换来两国平静，这有什么不好？"穆龙也不让步。

"丧权辱国，亏你还是大将军！"国王特别生气。

"正因为我是大将军，才要对全国百姓负责！"穆龙振振

有词。

国王气得直哆嗦，转身走进内宫。穆龙也气得骑上马回到自己的官邸。

"陛下，康密士兵在通巴城放火烧房屋啦！"当国王从内宫走出来时，士兵赶来报告。

"快把萨哈比请来谈判！"国王见大将军不迎战，自知无人敢带兵前往。

"我们瓦岱国国王请你们的萨哈比将军去谈判！"士兵骑马飞快地跑到通巴城下，对萨哈比的士兵大声喊道。

"将军，瓦岱国的国王派人来请您去谈判。"萨哈比的士兵跑到通巴城酋长的宫殿里，对萨哈比说。

"回去告诉你们的国王，我萨哈比从来不搞什么谈判，只知道要捉住他，砍掉他的头！"萨哈比见瓦岱国国王要求谈判，哈哈大笑。

"他们不同意谈判！"士兵回去后，向瓦岱国的国王报告。

于是，瓦岱国的国王命人准备好盔甲和战马，决定亲自带领两万精兵去解救通巴城。他带领军队来到通巴城前面，命令士兵安营扎寨。一顶顶的帐篷密密麻麻，将通巴城团团围住，每顶帐篷上面都悬挂着一面大旗。

萨哈比的士兵见瓦岱国的国王用这么多的精兵包围通巴城，心里不免有些恐惧，私下悄悄议论开了。

"发生了什么事？"萨哈比听到士兵们窃窃私语，就询问起来。

"瓦岱国的国王用两万精兵包围了通巴城。"士兵们回答。

萨哈比走上城楼，看见瓦岱军队把通巴城围得水泄不通，士兵们在营地操练，队伍整齐，枪法熟练，威风凛凛，尘土飞扬。

"仔细看看那些旌旗，告诉我都是谁统领的军队。你如果讲实话，我就放了你；如果欺骗我，那我就砍下你的头。"他让人把通巴酋长带到城楼上。

通巴酋长揉了揉眼睛，仔细看了看，告诉萨哈比这是谁的军队，那是谁的军队，

"那远方的旗帜我不知道是谁的。"他看到了穆龙的旗帜，忙说看不清。

"是穆龙的旗帜吗?"萨哈比问。

"哦! 不不不! 穆龙将军同国王吵架了，是不会来的。"通巴酋长结结巴巴。

萨哈比连问三遍，他都一口咬定说不是。

"把他带回大牢，等战争结束后再证实他的话对不对。"萨哈比对士兵们说。

士兵们把通巴酋长带走了。听说穆龙将军不来参战，大家很高兴，觉得此仗必赢。

但萨哈比没有掉以轻心，密切关注着战场，把士兵们分成三组，一组休息，一组站岗巡逻，一组准备干粮。他认为明天一定会有一场恶战。

穆龙回宫后，蒂拉尼派来的密使要求见他。密使带来蒂

拉尼的一封信，信中告诉他有关萨哈比出征的事情。穆龙看过信后，知道了萨哈比这次出征的目的。

"这个臭小子，比他的爸爸强啊！"他满心喜欢。

穆龙觉得这是父子联合结束两国长期交战的好机会，于是派人通知国王，说准备出征，并表示要协助国王打好这一仗。

他把兵营安扎在离通巴城稍微远一些的地方。所以，通巴酋长根本想不到穆龙会参加这次战斗。

半夜，穆龙突然想要去通巴城里看看儿子。说来也巧，通巴酋长的女儿带领士兵和百姓逃出的地道口，就在他的营房里，除他和几个心腹士兵外，别人不知道这件事。

穆龙从地道来到酋长王宫，虽是半夜，但宫里灯火通明，一个英俊的统帅正伏案阅读书卷。他发现年轻人的体格、相貌都和自己有些相似。

"有刺客！"正在穆龙看得出神时，一个卫兵发现了他。

穆龙仿佛从梦中惊醒，一拳打倒卫兵，从地道返回军营了。

"刺客长什么样?"萨哈比从殿内跑出来。

"长的和您一模一样,只不过比您老很多。"士兵回答。

"别再大惊小怪了!"萨哈比觉得是父亲来看自己了,心里暗自高兴。

第二天,萨哈比率兵出城。

"瓦岱国国王,快点儿出来,咱们一决胜负。"他对国王的兵营大声喊道。

国王听到萨哈比的喊声,吓得面如土色,在帐篷里转来转去,突然被固定帐篷的木桩绊倒在地。卫兵们赶紧把他扶起来。看国王这副模样,大家想笑又不敢笑。

"快让穆龙将军迎战!"国王心急如焚。

穆龙将军骑马出阵。两军摆开交战的阵势。穆龙看了看萨哈比,萨哈比看了看穆龙,谁也没有说话。

穆龙想看看儿子的武艺如何;萨哈比想在父亲面前露一手。于是二人开始交锋,打了很久,不分胜负。

"明天再战！"穆龙对萨哈比说。

"请问您是不是穆龙将军？"当穆龙转身回营时，萨哈比问。

"我是穆龙！"穆龙很激动。

"我是萨哈比，我和妈妈都很想念您！"萨哈比开心极了。

穆龙真想停下来和儿子说说话，可身负重大军务，不允许这样做。

"两国交战，不谈家事！"于是他回营了。

第二天，二人在马上相互对杀之后，商定在地上较量一番。穆龙和萨哈比从马背上翻身落地，一个舞矛，一个挥刀。

萨哈比看准一个机会，将穆龙绊倒在地，一个箭步扑上去，举刀要砍。

"住手，在我们国家有一个规矩，要制服对方三次才能开杀戒！"穆龙赶紧说。

萨哈比本来就是想比试一下，并非要杀死自己的父亲，于是收起刀，让穆龙从地上爬起来。

两国的士兵在远方观战，看见萨哈比抓住穆龙，却又放了他，正在惊奇时，又看到他们打在一起。老谋深算的穆龙将萨哈比扑倒在地，用脚夹住他。

"快叫国王来杀死他！"穆龙对士兵喊。

"虎毒不食子，你的心真狠啊，连兽类都不如。我和妈妈还在想着和你团圆，你却要杀死自己的儿子！怪不得这么多年，你都不回去看我们母子，原来你是个大坏蛋！"萨哈比见父亲叫国王来杀自己，气得要死。

"住嘴，少废话！"穆龙大声喝道。

"大将军，你可是最忠于我的大臣，真是大义灭亲的英雄。小毛贼，看看今天到底是谁给谁收尸！"国王见穆龙要亲手杀死萨哈比，提着刀兴冲冲地跑来。

他正要举刀砍下去，穆龙用脚把萨哈比的刀踢起。穆龙飞起一刀，国王人头落地。两军士兵看到这种情况，都吓呆了，不知道是怎么回事。

"士兵们，兄弟们，两国长期交战，百姓遭殃，你们受苦了。我们父子决心杀死昏君，统一国家，让百姓过上安稳太平的日子！愿意跟我们干一番事业者，请留下；不愿留下者，可解甲归田，同自己的父母、妻室团圆！"穆龙高声喊。

穆龙的话音刚落，士兵们就发出了欢呼声，纷纷表示愿意跟着两位将军建立太平天下。

"请将军饶恕我们！"这时，有两个士兵从队伍中走出来，跪在萨哈比面前。

萨哈比一看是祖鲁和巴劳，忙问是怎么回事。二人讲述了国王让他们暗中行刺的事情，最后表示愿意跟随大家去讨伐昏君。

"二位兄弟快起，我信得过你们！"萨哈比连忙扶起他们。

"打回康密国，杀死康密王！"队伍里一片喊声。

穆龙父子重新整理军队，带领着浩浩荡荡的队伍开进康密国，一路势如破竹，最后杀死了国王。全家人终于团聚了。

两国战事平息后，穆龙做了瓦岱国的国王，萨哈比做了康密国的国王。他们释放了通巴城的酋长，把他奉为座上宾。

大家在王宫里举行了晚宴。在晚宴上，萨哈比向通巴酋长的女儿求婚了。十天后，新人举行了盛大的结婚典礼，举国上下一片欢庆。

从此以后，两国人民友好往来，共同抵御异邦势力的入侵。百姓安居乐业，勤于耕耘，过着丰衣足食的生活。

太阳的东边 月亮的西边

　　在很久以前，有一个贫穷的农夫。他有很多儿女，小女儿尤其漂亮。

　　一个深秋的晚上，天气很冷，农夫一家人围坐在火炉旁取暖聊天。忽然，传来了一阵敲门的声音。原来是一只大白熊。大白熊说，如果农夫同意把小女儿嫁给他，他会让农夫一家从此过上富裕的生活。

　　农夫当然很乐意，但小女儿却说什么也不同意。农夫只好告诉大白熊，让他下星期再来。

　　大白熊走后的几天，农夫不停地劝说小女儿。最终，善良的小女儿答应了父亲的请求。

大白熊如约来到农夫家。一番商谈之后，大白熊准备带走漂亮的小女儿。那天，女孩儿特意打扮了一番，静心等待命运的安排。

女孩儿背起一个破旧的包袱，趴在大白熊的背上，离家而去。

他们走了很远的一段路，最后来到一处陡峭的岩壁前。大白熊在岩壁上轻轻一敲，一扇门打开了，原来此处是一座城堡。大白熊送给女孩儿一个银铃，告诉她想要什么东西，只要一摇银铃，便会心想事成。

一顿美餐之后，夜已很深。经过一天的奔波，女孩儿感到非常疲倦。她想，要是有张大床就好了，于是摇了摇手中的银铃。她便立刻置身于一间豪华的卧室。卧室里放着一张雪白的大床，带有流苏的绸缎帷帐垂落下来，还有柔软的枕头。女孩儿爬上床，熄灯睡觉。

过了一会儿，一个男子悄悄上床，躺在女孩儿身旁。

原来这个男子就是大白熊，到了晚上他会褪下熊的皮毛，变成人形。女孩儿从未见过他的模样，因为他总是熄灯之后才上床，而在黎明之前又悄悄离去。就这样，女孩儿在城堡里度过了很长一段快乐悠闲的日子。但不久，女孩儿开始思念自己的亲人。

一天，大白熊问女孩儿为什么心情不好。女孩儿如实说出了原因。

"我可以送你回家探望亲人，但你要答应我一件事，千万不要和你的妈妈单独说话。一定不要答应她，否则会给我们带来祸患的。"大白熊说。

几天后的一个早晨，大白熊带着女孩儿踏上了回家的旅途。

一番辛苦跋涉之后，他们来到一座漂亮的庄园前，女孩儿的哥哥、姐姐正在门前的草地上开心地玩耍。

女孩儿见到思念已久的亲人，非常开心。如今全家人过上了富裕的生活，他们对女孩儿充满了感激之情，同时也很想知道她现在的生活情况。女孩儿心里记着大白熊的嘱托，便说她生活很美满，没提其他的。

晚餐之后，大白熊担心的事情还是发生了。

妈妈一定要和女孩儿单独说说话。女孩儿最终还是拗不过妈妈，把城堡里面发生的一切都如实说了出来。

"那你一定是和一个怪物睡在一起了！不过，我可以帮你看清他的模样！瞧，用这支蜡烛。等他晚上睡着以后，

你点燃蜡烛，就可以看清他的模样了。但是切记不要把蜡油滴在他身上。"妈妈细细交代女儿。

女孩儿把妈妈的话默默记在心里。

傍晚时分，大白熊来接女孩儿回家。回去的路上，大白熊从女孩儿的神情中，得知了事情的真相，非常担忧。

回到城堡，女孩儿照旧熄灯睡觉，男子照旧躺在她身旁。

半夜，女孩儿在确定男子熟睡后点燃了蜡烛。烛光下，她看见一张英俊的面孔，马上爱上了他。

她很想吻他一下。然而，就在女孩儿俯下身子吻他的时候，三滴蜡油滴在了男子的衬衫上。男子被惊醒了。

"你这是干什么呀，你这样做会给我们带来厄运的！我本来是一位王子，被恶毒的继母施了魔法，白天只能变作一只大白熊，到了晚上才能变回人形。如果有个女孩儿愿意陪伴在我身边一年，魔法就会解除。而你现在这样做了，我只好离开你，回到继母那儿。她所住的城堡在太阳的东边、月亮的西边，那里有一个丑陋的长鼻子公主。她是继母的女儿，而我只能和她结婚。"王子痛苦地讲述了事情的原委。

女孩儿伤心地哭起来，后悔极了，可又有什么办法呢。

第二天早晨，王子和城堡消失了，女孩儿躺在一片草地上，身旁是她的破旧包袱。想起从前的一切，女孩儿难过地哭了。最后，她下定决心去寻找王子。

走了很多天的路，女孩儿来到一面高耸入云的山崖前。山崖下坐着一位老婆婆，手里把玩着一个金苹果。

女孩儿跟老婆婆说了王子的事情，问她去城堡的路。

"可惜我只知道那座城堡在太阳的东边、月亮的西边。不过我可以借你一匹马，你去找我的邻居，也许她能告诉你。到了以后，你拍一下马的左耳，它就会自己回来的。对了，带上这个金苹果，也许你会用得着。"老婆婆说。

女孩儿骑马走了很多天的路，来到另一面山崖前。山崖下坐着另一位老婆婆，手里把玩着一把金梳子。老婆婆又借给女孩儿一匹马，叫她去找下一位邻居，还将金梳子送给了她。

于是，女孩儿骑着马又走了很多天的路，来到第三面山崖前。山崖下也坐着一位老婆婆，手里转着一架金纺车。女孩儿向她打听去城堡的路，可惜得到的答案和前两次一样令人失望。

不过，老婆婆告诉女孩儿可以去找东风。临走时，她把金纺车送给了女孩儿。

女孩儿再一次骑上马，又走了很多天的路，来到东风的家中。

东风告诉女孩儿，他确实听说过那座城堡和王子的事情，但不知道去城堡的路。不过，他答应陪女孩儿去找哥哥西风帮忙。

女孩儿坐在东风的背上，立刻飞到西风的家。

"虽然我没去过那么远的地方，不过我可以带你去见我的哥哥南风，他比我们更有能量，飞得更远。"西风告诉女孩儿。

女孩儿又坐到西风的背上去找南风。

知道了他们的来意，南风表示抱歉，说他没有去过那么遥远的城堡，不过可以带女孩儿去找他们的大哥北风。北风的能量是最大的。南风的能量也不小，载着女孩儿一会儿就到了北风的家中。

北风的脾气不太好，大老远就对他们大呼小叫，把女孩儿冻得直打哆嗦。

"好啦，哥哥，不要这么寒气逼人嘛。是我，你的兄弟南风，还有一个女孩儿。她想去太阳的东边、月亮的西边，找她深爱的王子，还望你能帮帮她。"南风见状赶紧开口。

"那个地方呀，我知道。如果你非去不可，我倒是可以送你去。"北风说。

女孩儿早已下定决心，无论路途多么遥远、多么艰辛，也不会放弃寻找王子。

次日清晨，北风载着女孩儿以闪电般的速度扫过大地，卷过森林，不知飞了多久，来到一片大海上。北风累得垂下了双臂，但看到女孩儿如此勇敢，便聚起体内最后的能量，将女孩儿吹向岸边的城堡。

原来这正是那座女孩儿寻找的在太阳的东边、月亮的西边的城堡。女孩儿坐在城堡下把玩金苹果，见到了即将与王子结婚的长鼻子公主。

"喂，那个姑娘，你的金苹果怎么卖呀？"长鼻子公主傲慢地问道。

"如果能让我和城堡里的王子待一晚，我就把金苹果送给你。"女孩儿回答说。

长鼻子公主爽快地答应了。可是那天夜里，女孩儿来到王子的卧室时发现王子已经睡去，无论怎么摇晃都叫不醒他。其实，是长鼻子公主骗王子服了安眠药。

几天后，女孩儿又坐在城堡下把玩金梳子。长鼻子公主看到后又想得到它。女孩儿再次提出以和王子待一个晚上为条件交换。长鼻子公主又一次答应了。

这天晚上，女孩儿来到王子的卧室，发现王子又在酣睡。

后来，女孩儿又坐在城堡下转动金纺车。和前两次一样，她用金纺车换来了和王子相处一夜的机会。但长鼻子公主不知道的是，被关在王子隔壁的基督徒听到了这两天晚上发生的事情，偷偷告诉了王子。

当天晚上，王子当着长鼻子公主的面，假装服下安眠

药。女孩儿这次来到王子的卧室时，发现王子是醒着的，悲喜交加，向他诉说一路的艰辛。

"你来得正是时候，这个世界上只有你能解除我身上的魔法，只有你才是我要娶的女孩儿。婚礼上，我会假装考验长鼻子公主，要她帮我洗掉衬衫上的三滴蜡油。她肯定会答应。其实她并不知道，只有基督徒才能洗掉那三滴蜡油。到时我会宣布，谁能洗掉蜡油，谁就是我的新娘。我会叫你来清洗。"王子细细说明自己的打算。

商量妥当之后，他们诉说着对彼此的思念，幸福甜蜜地过了一夜。

终于到了举行婚礼的时刻，王子说要考验新娘的真诚。众人当然没有异议。

"我有一件心爱的衬衫，可不知怎么滴上了三滴蜡油。我发过誓，只有洗掉三滴蜡油的女孩儿，才能成为我的新娘。"王子慢慢说道。

长鼻子公主拿着衬衫用力搓洗，可那片油污却越洗越

大。长鼻子公主的巫婆妈妈将衬衫接过来，可谁知她的手一碰到衬衫，油污变得更大更黑了。

"行了，别再费劲了。我敢保证，门外那个女孩儿比你们强得多！"王子大声说道。

"这位姑娘，能否帮忙洗一下这件衬衫？"王子对女孩儿说。

女孩儿点头答应。她刚把衬衫浸入水中，衬衫瞬间就变得干净洁白。

"这才是我要娶的新娘！"王子当众宣布。

巫婆听到这话立刻气得倒地而死。长鼻子公主也不见了，从此再也没人听到过她的消息。

王子和他的新娘永远告别了那座在太阳的东边、月亮的西边的城堡，过着甜蜜而幸福的生活。

倔强的小女孩儿

从前有一个名叫美达奇的商人，长得肥头大耳，中等个儿，笑起来眼睛眯成一条缝儿。他靠倒卖海鲜发了家，在风景秀丽的海岸线上，买了一栋十分考究的别墅。

美达奇有一个贤惠善良的妻子，名叫爱丝玛丽。她从不多言多语，一切都依从丈夫。

美达奇有七个女儿。小女儿梦吉米娅性格开朗，学习成绩优异，在舞蹈方面也很有天赋，深得父母和老师的喜爱。

一天，美达奇因为喝了点儿酒，有些兴奋。

"今天家里的成员都齐了，我们开个家庭会议。"美达奇提议说。

美达奇和妻子挨着坐下，七个女儿依次坐在地毯上。

"我是一家之主，你们说这个家的命运要靠谁来掌控啊?"美达奇严肃地问道。

"我们的命运靠的是父亲，没有父亲的艰苦努力，哪有我们的今天!"大女儿如实回答说。

接着，二女儿、三女儿……直到六女儿，都这样说。

听了六个女儿的回答，美达奇十分满意。

这时，半天没有说话的七女儿梦吉米娅，表达了自己的想法。

"父亲，我不同意六个姐姐的说法。我认为人的命运要靠自己……"梦吉米娅自顾自地说着。

还没等梦吉米娅说完，美达奇就被激怒了。

"好一个不懂是非、无情无义的孩子，我倒是要看看你是如何靠自己的。从现在起，你给我离开这个家，走得越

远越好。我不允许你从这个家带走任何东西，你净身出户
吧！"说完，美达奇气哄哄地向屋外走去。

梦吉米娅痛哭流涕，母亲急忙追出去求情。

"孩子的书还没念完，学习又那么好，我真舍不得，说
两句就算了，不能把孩子撵走啊，你怎么这么狠心呢！"母
亲呜咽着说道。

"你给我闭嘴，我定的事儿，谁求情也没用。"美达奇借
着酒劲恶狠狠地说。

梦吉米娅十分倔强，认为自己是对的，不肯向父亲低头
认错。

"父亲，我想带走一个针线盒，日后好缝补衣物。"最
后，梦吉米娅向父亲请求道。

父亲点点头表示同意，然后命轿夫备好轿子，送梦吉米
娅离开了家。

由于旅途劳顿，梦吉米娅病倒了，咳嗽不止，还伴有发
烧的症状。

　　路上的一位老婆婆听到轿子里的咳嗽声，上前询问情况。

　　梦吉米娅掀开轿帘，发现老婆婆竟然是自己的奶妈，奶妈也认出了她。

　　梦吉米娅向奶妈诉说了事情的经过。奶妈不放心，便要陪着她。

　　轿夫把这一老一小送到了杂草丛生的密林深处。

梦吉米娅一直发着高烧。由于她在家年龄最小，所以从小娇生惯养。如今虽有奶妈的陪伴，但在这阴森恐怖的森林里，白天还可以凑合，可到了晚上，没有任何遮风挡雨的东西，该怎么度过呢？

奶妈用土方法给梦吉米娅降温，情况才略有好转。

突然，她们身边的大树说话了。

"你们要想在这深山老林里活命太难了，到了晚上会被野兽吃掉的。只有我才能保证你们的安全，但必须按我说的去做。"大树严肃地说。

话音刚落，树干下部就出现了一个门。门缓缓打开，大树让奶妈和梦吉米娅走进去，门又自动关上，树干也恢复了原来的样子，没有一点儿破绽。

夜幕降临，各种野兽开始出没，因为嗅到了人的气味，它们都围在大树周围。由于大树的保护，野兽们没有发现梦吉米娅和奶妈。

大树里的活动空间很小，而且十分闷热。梦吉米娅想出去找水喝，但野兽就在外面。由于出汗的原因，再加上奶妈的土方法降温，梦吉米娅的病竟然慢慢好转了。

第二天一大早，门又自动打开了。

"天亮了，你们出去吧。野兽们都走了，如果没有我这棵老树护着，你们的小命儿恐怕早就没了。"大树笑着说。

梦吉米娅看着大树，只见它的树干、树枝都有被野兽抓伤的痕迹。

"大树，谢谢你帮我们躲过这场灾难，但却给你带来了这么多痛苦。"梦吉米娅感慨万分，然后为树干受伤的地方敷上了泥土。

"谢谢你，我感觉好多了。"大树欣慰地说。

由于一直没吃东西，梦吉米娅和奶妈都饿坏了。

梦吉米娅拿出针线盒，在里面找到了五枚硬币。奶妈拿着硬币来到城里的一家饼店。

"老婆婆，这几枚硬币在我这里买不了什么，还是另找一家吧！"店主无奈地说。

奶妈又走进一家米店，废了好多口舌，店主才答应卖给她一些炒米。

奶妈手捧着炒米，气喘吁吁地回到森林。

"你们只能吃一点儿，把剩下的撒在我的周围。"大树嘱咐道。

梦吉米娅把炒米撒在了大树周围，但却不明白大树的意思。梦吉米娅和奶妈忍着饥饿，在大树的保护下又度过了一夜。

太阳出来了，大树的门打开了，梦吉米娅向外望去，发现有数十只孔雀围着大树啄米吃，地上有很多孔雀翎。

"把地上的孔雀翎捡起来，这就是你们的财富。"大树吩咐道。

梦吉米娅用孔雀翎做成了精美的扇子，让奶妈进城去卖。人们从没见过这么好看的扇子，都争相购买。

从此，梦吉米娅每天把炒米撒在大树周围，孔雀按时来吃米。梦吉米娅每天都能捡到很多孔雀翎，然后做成扇子，让奶妈拿到城里去卖。

不久，梦吉米娅和奶妈就成了远近闻名的富人。

一天，梦吉米娅正在专心致志地做扇子。

"你们的生活也富裕了，就在这儿盖房安家吧！"大树突然说道。

"真是个好主意，咱们说干就干！"梦吉米娅十分兴奋。

她找来瓦匠、石匠、木匠，用了不到两个月的工夫，一

栋古色古香、优雅别致的房子就建成了。

梦吉米娅很感谢奶妈的陪伴，如果没有奶妈，真不知道自己能不能坚持这么久。

一天，吃过早饭，梦吉米娅打算和奶妈结伴进城。

她对着镜子梳妆打扮了一番。都说女大十八变，如今的梦吉米娅变得越来越漂亮，越来越楚楚动人。

梦吉米娅带奶妈进城，为她买了一身新衣服。中午时分，她们来到一家饭店。

梦吉米娅和奶妈在饭店里边吃边聊，很少喝酒的奶妈由于高兴也喝了几口酒。

"记得你两岁时，有一次我进城回来，正赶上雨季河水泛滥，冲走了回家的桥。可是你已经有两顿没奶吃了，我心里万分焦急，恨不得马上飞回去，后来托人给你母亲捎信儿……"奶妈回忆着。

"你父亲知道后很生气，让我绕山路也得赶回去。无奈，我只好举着火把，踩着泥泞的山路，贪黑往回赶，天亮才到家。"奶妈感伤地继续回忆。

"您就是我的大贵人，每当我遇到困难时，您都陪伴在我的身边。"梦吉米娅握着奶妈的手说。

"一次，我去河边给你洗尿布，不小心摔倒，手腕摔成了骨折。三个多月，我一直忍着疼痛，抱着你喂奶……"奶妈继续说道。

除了对奶妈的感激之情，梦吉米娅对大树的救命之恩也一直记在心上。

可是该怎么回报呢？思来想去，她终于有了主意。何不在大树周围再种上一些小树，让它们陪伴着它，一起守护森林。梦吉米娅把这个想法告诉了大树。

"谢谢你，梦吉米娅，有小树和我做伴，我真是太幸福啦！"大树高兴地说。

时间过得真快，转眼梦吉米娅离开父母已经三个年头了。虽然她与奶妈过得清闲自在，吃的用的应有尽有，但近来却常常思念远方的父母，还有六个姐姐，不知道他们过得怎么样。

"还有两个月就是父亲的六十大寿，我应该回去给他老人家祝寿！"梦吉米娅想。

一连数日，梦吉米娅总是睡不好，觉得虽然日子过得不错，但学业却荒废了。人活一辈子，没有知识怎么能行呢？这让她十分苦恼。

眼下，饮用水不够用，这也让梦吉米娅很担忧。她打算从后山引来泉水，再在后院修建一个蓄水池。

梦吉米娅托人回老家打听父母的近况。可谁知，父亲由于生活富足，贪图安逸而又不甘寂寞，结果染上了赌博的恶习，不到两年的工夫，输了个精光，最后连别墅也变卖了。

六个姐姐中，有四个已经出嫁，但一直要靠父亲照顾，如今没有了靠山，生活变得异常清贫。

当初风光的美达奇，现在生活急转直下，穷困潦倒，说话办事都觉得低人三分。

美达奇把家搬到附近的村子里租房住，靠打零工维持生计，性格也变得很古怪。

每当想起这些，美达奇就很自责，很后悔，有时甚至想一死了之。

引水工程进展得很顺利，梦吉米娅对工人们很照顾，不仅工钱照付，还供吃供住，工人们都很高兴。

由于想把活儿快点儿干完，梦吉米娅又从城里和附近村子招来了很多工人。但她万万没有想到，其中就有她的父母。老两口为了养家糊口，也应招来这里干活儿。

一天，梦吉米娅坐在窗边欣赏院落的景色，突然发现在太阳底下干活儿的两个老人，竟是自己的父母。

梦吉米娅赶快跑到父母跟前儿。

父母发现眼前的雇主竟是梦吉米娅，不禁与女儿抱头痛哭。

"悔不该当初把你抛弃到荒郊野外，这些年我一直受着良心的谴责。你当初的想法是对的，人的命运要靠自己。"

父亲老泪纵横。

梦吉米娅告诉父母，当初幸好有奶妈的陪伴，有大树的帮助，她才过上了好日子。

老两口在梦吉米娅家住得很开心。看到梦吉米娅从无到有，一步步走到今天，父亲不禁回想起自己的所作所为，后悔莫及。

在父亲六十岁的生日那天，梦吉米娅请来了六个姐姐，办了一桌丰盛的寿宴。六个姐姐看到梦吉米娅富庶的日子，十分羡慕。

寿宴完毕，父母也该走了。临行时，梦吉米娅给了父亲很多钱。

"以前的事儿就不提了，这是孝敬你们的钱，你应该用它重操旧业，好好经商。望二老多多保重。"梦吉米娅依依不舍地说。

不久，在梦吉米娅的支持下，美达奇又重新富裕了起来。这次他牢记着女儿的话，十分珍惜来之不易的幸福生活。

他经常去邻国跑买卖，赚到了很多钱。

一天，美达奇又要去邻国做买卖，临上船时，突然想起梦吉米娅曾让他捎什么东西，便打发仆人去问清楚。

当时，梦吉米娅正在收拾屋子，随口说了句"苏巴尔"，意思是让他等一等。谁知仆人听错了意思，以为梦吉米娅要捎的东西是"苏巴尔"，便急忙返回去告诉了主人。

美达奇坐在船上，嘴里念叨着，以为"苏巴尔"无非就是化妆品之类的东西。

美达奇的生意进展得很顺利。他一直在打听女儿要买的"苏巴尔"，从一个港口打听到另一个港口，但却一无所获。

美达奇十分焦急，无奈又来到了另一个港口。

美达奇嘴里一遍遍地念叨"苏巴尔"，正巧一个王子从他身边经过。

"先生，您有什么事儿吗，为什么喊我的名字?"王子上前问道。

"我的女儿让我到处打听'苏巴尔',原来就是你啊!"美达奇兴奋地向王子讲述了事情的经过。

"你把这个盒子带回去交给你的女儿吧!"王子从身上取出一个盒子,递到美达奇手中。

美达奇如释重负,高兴地唱起了小曲儿。

美达奇回来后,第一时间赶到女儿家,将盒子交给她,并讲述了事情经过。

梦吉米娅打开盒子,里面装着一把精美的扇子。她拿起扇子摇了摇,奇迹出现了,王子站在了梦吉米娅的面前。

"您好,我就是苏巴尔,原来是你要找我啊!"王子礼貌地说。

梦吉米娅十分惊讶,再仔细一看,王子竟然是一位美男子,不由得暗自高兴。

"你怎么会到这里来。"梦吉米娅很疑惑。

"那是一把魔扇,只要你摇一摇,我就会从遥远的国度

出现在你的面前。以后你想见我，我随时都会到来。"王子解释说。

在以后的日子里，梦吉米娅和王子时常相见，互相倾诉爱慕之情。王子承诺要娶梦吉米娅为妻，并邀请她的父母和六个姐姐前来参加婚礼。

按照梦吉米娅的意愿，婚礼将在她的房子中举行。

婚礼如期而至，当梦吉米娅的六个姐姐见到英俊帅气的王子时，嫉妒之心油然而生。

六个姐姐心生毒计，打算在婚礼当天，置王子于死地。

她们把许多毒药研制成粉末，撒在婚床上。王子刚一躺下，就觉得疼痛难忍，后背红肿溃烂，只好在侍卫的护送下回到自己的王国。

回到王宫后，王子的父母十分焦急，请来全国最好的医生诊治，但却不见疗效。

梦吉米娅在家里十分焦急，决定亲自去王宫侍候心爱的丈夫。她乔装打扮成一个男人后，就上路了。

为防止发生意外，梦吉米娅还随身带了一把铲子，走累了就歇一歇，歇够了再走。

一天，梦吉米娅坐在一棵树下歇息，忽听头上有鸟儿急促的叫声。她抬头望去，树上有一个鸟巢，叫声是从鸟巢里发出的。一条蛇正朝着鸟巢爬去，梦吉米娅起身用铲子将蛇砍成两段。

不一会儿，一对鸟儿从远处飞来。

"怎么没听见孩子们的叫声，它们不会被蛇吃了吧?"雌鸟对雄鸟说。

"怕是凶多吉少。"雄鸟担忧地回答道。

它们落到巢穴上，发现两只雏鸟竟然活着，这让它们喜出望外。

"要不是树下那位过路人把蛇砍死，我们真的会被那条大蛇吃掉。"其中一只雏鸟诉说着刚才发生的一幕。

"她救了我们的孩子，我们应该为她做点儿什么，回报这位好心人。"雌鸟十分感激地说。

　　"看她忧心忡忡的样子，一定是有什么难处，我们去问问吧。"雄鸟接着说。

　　梦吉米娅向鸟儿诉说了王子的不幸。

　　"这里离王宫还有一段路程，走到那儿还要好几天。如果得不到及时救治，王子随时会有生命危险。有没有治疗王子最有效的方法呢？"雄鸟问雌鸟。

　　"把鸟粪晾干，研制成粉末，敷在王子身上，然后用七罐水和七罐乳汁清洗，就可以治好王子的病。"雌鸟回答说。

　　"为了争取时间，我送你去王宫吧！"雄鸟对梦吉米娅说。

　　梦吉米娅拣了些鸟粪，然后骑上雄鸟。

　　他们飞过一山又一山，很快就到了王宫。

　　"请禀报国王，我有奇药可以治好王子的病。"梦吉米娅对守门的士兵说。

　　国王救子心切，按照梦吉米娅的药方，给王子敷上了药。王子马上感到后背一阵清凉，立刻起身下床，背部的伤口已经完全愈合了。

"你需要什么报酬尽管说！"国王说。

"可以把王子的指环送给我吗?"梦吉米娅说。

王子欣然同意，把指环送给了梦吉米娅，但自始至终也不知治好他伤的就是梦吉米娅。

梦吉米娅回到家中，安静地睡了一夜。

第二天，她拿出扇子摇了一下，王子立刻出现在她面前。

王子看见梦吉米娅手上的指环，不由得心中暗喜，原来治好自己背伤的竟然是心爱的妻子。

王子向梦吉米娅许诺，待良辰吉日，重新在王宫举行婚礼。这次婚礼要办得比上一次更隆重，还要邀请梦吉米娅的父母、奶妈和六个姐姐前来参加。

梦吉米娅告诉王子，婚后她还想继续求学，完成儿时的梦想。王子答应了她的请求。

“对了，我也有个请求。”王子突然说道。

“什么请求?”梦吉米娅问。

“我要你和我搬回王宫去住，以后我们有了孩子，要请最好的奶妈照顾。”王子憧憬着未来。

梦吉米娅欣然接受了王子的请求。

从此，他们过上了幸福美满的生活。